인생의 소중한 것을 기다리는

에게

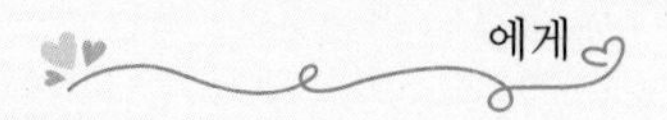

나를 특별하게 만드는

동화 명언

초판 1쇄 인쇄일 2022년 7월 20일
초판 1쇄 발행일 2022년 8월 3일

엮은이 김지영
펴낸이 김지영 **펴낸곳** 지브레인Gbrain
편 집 김현주 **제작 · 관리** 김동영 **마케팅** 조명구

출판등록 2001년 7월 3일 제2005-000022호
주소 04021 서울시 마포구 월드컵로7길 88 2층
전화 (02)2648-7224 **팩스** (02)2654-7696

ISBN 978-89-5979-745-5(03840)

- 책값은 뒤표지에 있습니다.
- 잘못된 책은 교환해 드립니다.

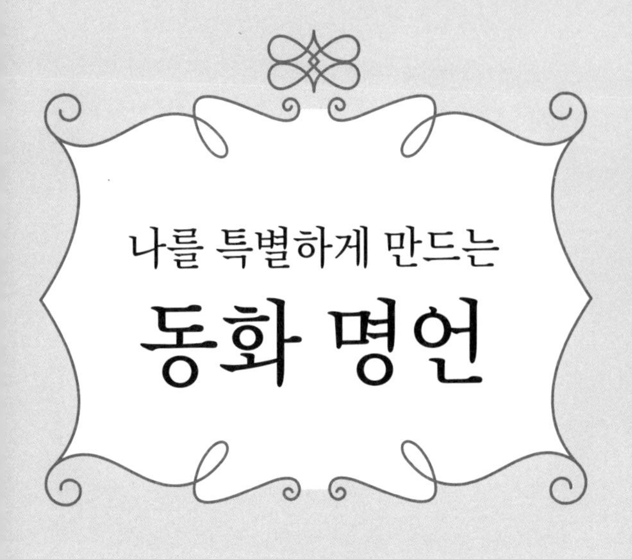

나를 특별하게 만드는

동화 명언

김지영 엮음

지브레인

마음이 지치거나 생각을 정리하고 싶을 때 명언집을 찾아보게 된다.

고전부터 명사들의 명언까지 찾아보는 동안이 단순하지만 고요한 시간이 안정을 준다.

때로는 내가 가진 상황을 뒤돌아보게 하고 가야 할 길을 보여주거나 생각의 방향을 바꿔주기도 하고 어느 때는 그저 하나의 쉼을 선물해주기도 한다.

《나를 특별하게 만드는 동화 명언》은 동화부터 동화를 바탕으로 한 애니메이션까지 다양한 곳에서 명언들을 모은 것이다.

순수와 세상의 지혜 사이에서 강력한 힘이나 풍자를 보여주는 동화 명언이 나에게 큰 힘과 위로가 되었듯이 누군가의 쉼표와 목표가 되어 주길 바라며 이 책을 준비했다.

《동화 컬러링북 오즈의 마법사》 중에서

1

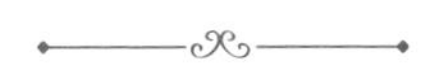

무엇을 소중히 여기는지가
그 사람을 보여줘요.

곰돌이 푸

2

서두르지 않아도 괜찮아

곰돌이 푸

3

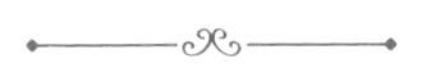

나의 길은 나만이 정할 수 있어요.

곰돌이 푸

4

내 꿈이 너와 다르다고 해서
중요하지 않은 것은 아니야.

작은 아씨들

5

항상 기억한다고 약속해줘.
너는 네가 믿는 것보다
더 용감하고,
보기보다 더 강하며,
네가 생각하는 것보다
더 똑똑하다는 것을.

곰돌이 푸

6

너는 정말 사랑스러운 사람이고
너의 삶은 사랑으로 가득찰 거야

피너츠

* 스누피와 찰리 브라운은 《피너츠》의 등장인물입니다.
따라서 스누피, 찰리 브라운, 샐리 브라운 등의 명언은 모두 《피너츠》로 표기했습니다.

7

다른 사람을 위한
작은 배려가,
작은 생각들이
모든 것을 달라지게 만들어.

곰돌이 푸

8

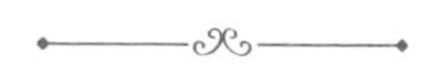

다른 사람들을 이해하려는 노력은
이제 하지 않아.
대신 그 사람들이
나를 이해하도록 내버려 둘 거야.

피너츠

9

이 세상은

뺀한 이야기를

뺀뺀하게 할 수 있는 녀석이

오래 살아남는 법이야.

보노보노

10

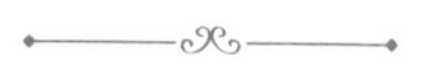

매일 행복하지는 않지만
행복한 일은 매일 있어.

곰돌이 푸

11

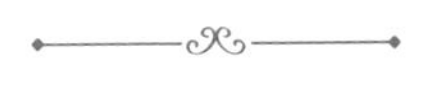

정답은 없어.

다른 답들이 있을 뿐이야.

어린 왕자

12

너 자신답게 살아.
그리고 이걸 명심해.
세상의 어느 누구도 그것이 틀렸다고
말할 수 없다는 것을 말이야.

피너츠

13

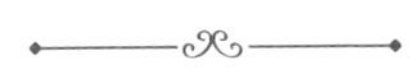

왜 모든 게 이렇게 복잡해야만 해?

피너츠

14

괴로워하고 고민하는 사이
마음은 단단해져.

곰돌이 푸

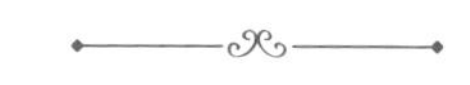

이제 한계라고 느끼는 순간이
한 번 더 도전할 때야.

곰돌이 푸

16

만약 삶이
너를 넘어뜨려 뒤로 눕게 된다면
그냥 누운 상태에서
하늘의 별을 보면 돼.

피너츠

내가 좋아하는 명언

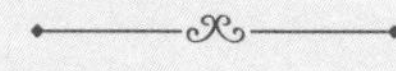

17

젊어 보이는 비결을 알려줄게.

그 비결은

조금이라도 늦게 태어나는 거야.

피너츠

18

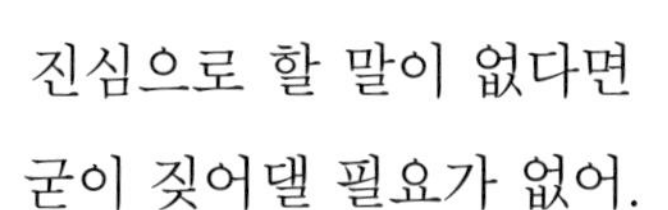

진심으로 할 말이 없다면
굳이 짖어댈 필요가 없어.

피너츠

19

나는 내 친구를 스스로 선택해.

피너츠

20

어제로부터 배우고,

오늘을 살며,

내일을 기대해.

그리고 오후에는 좀 쉬자.

피너츠

21

비가 내려서 가장 좋은 점은
항상 그친다는 거야.
결국엔 말이지.

곰돌이 푸

22

사람들은 다 별을 보지만
그건 같은 별이 아니야.

어린 왕자

23

누군가를 사랑하고자 한다면
너 자신을 먼저 사랑해.

미녀와 야수

24

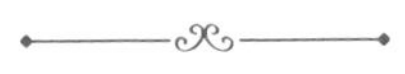

간절히 바라는 마음이 있어야
마법이 일어날 수 있어.

신데렐라

25

내 기분은 내가 정해.
오늘은 행복으로 할래.

이상한 나라의 앨리스

26

노력한다고 항상 성공할 수는 없지만
성공한 사람들은
모두 노력했다는 것을 알아둬.

곰돌이 푸

27

최선을 다했지만
처참히 실패했다면
다시는 하지 말아라.

심슨

28

누군가의 험담을 그대로 믿는 것은
그 험담을 한 사람만큼이나 나쁜 거야.

보노보노

29

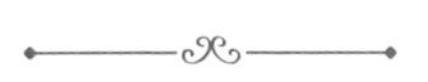

모르는 것이 아니야.

알 때까지 시간이 걸리는 것 뿐이지.

보노보노

30

가끔은 가장 작은 것들이
네 마음속 가장 큰 공간을
차지하기도 해.

곰돌이 푸

31

어른이 놀고 있다라고 하면
멋있지 않잖아.
그래서 취미라고 말하는 것뿐이야.

보노보노

내가 좋아하는 명언

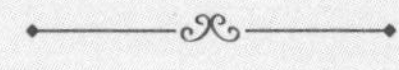

32

아무것도 하지 않는 하루가 끝났어.
그런데 아무것도 하지 않는 하루는
왜 이렇게 피곤한 걸까?

아무것도 하지 않은 하루

33

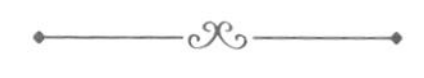

어른들은 누구나
처음에는 어린이였다.
하지만 그것을 기억하는
어른은 별로 없다.

어린 왕자

34

뇌가 없는데 어떻게 말을 해요?

나도 몰라요.
그런데 사람들도 생각 없이
말을 하지 않나요?

오즈의 마법사

35

저 너머에
근사한 무언가가 있을 거예요.
그러니까 최선을 다해 볼래요.

빨간 머리 앤

36

그것이 삶이야.
네가 시작한 곳에서
항상 끝나게 되는 것말이야.

피너츠

37

어제 나는 강아지였어.
오늘도 나는 강아지야.
아마 내일도 강아지일 거야.
하~.
발전 가능성이 없군.

피너츠

38

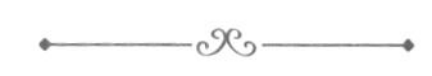

기적도 때로는 시간이 좀 걸린단다.

신데렐라

39

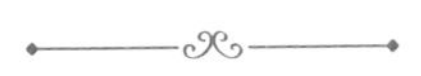

난 지금 잠깐 넘어졌지만

다시 일어날 거야.

아기 사슴 밤비

40

사랑은 쓰는 게 아니야.
느끼는 거지.

곰돌이 푸

41

강은 알고 있어.
서두르지 않아도
언젠가는
바다에 도착하게 된다는 것을.

곰돌이 푸

42

원하는 것이 있다면
그만큼의 노력이 필요해.

심슨

43

다양한 내 모습을 보면
인생도 더 즐거워져.

어린 왕자

44

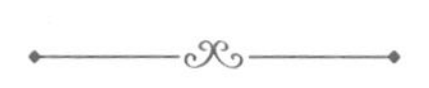

긍정적으로 생각하면

무엇이든 긍정적이 되는 법이야.

보노보노

네가 어떻게 할 수 없는 것으로
절대 스트레스 받지 마.
그리고 너의 것이 아닌 것에 대해서는
걱정하지 마.

피너츠

46

추억을 생각해.

추억은 그대로 있는 거야.

……

행복한 기억이야.

피너츠

47

의견을 나눌 때는
그 사람을 잘 알아야 해요.

곰돌이 푸

48

목표를 높게 잡았으면
이제 아래는 내려다보지 마.

곰돌이 푸

내가 좋아하는 명언

49

오늘은 무슨 요일이야?

오늘이야.

내가 좋아하는 날이네.

곰돌이 푸

50

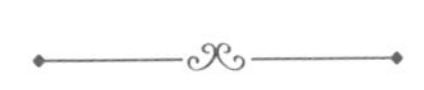

이기는 것이 꼭 중요한 것은 아니야.
최선을 다 했다는 것이 중요하지.

피너츠

51

너무 심각하게 생각하지 마.
나도 수많은 바보 같은 짓을 하면서
살고 있어.

피너츠

뇌가 없는 사람들이
엄청나게 말을 많이 해.

오즈의 마법사

53

꿈은 뭐고
현실은 뭔데?

거울 나라의 앨리스

54

넌 진짜 귀여워, 정말로.
너도 알아?

피너츠

55

재미있는 일이나

즐거운 일,

행복한 일은

자신의 마음속에 있는걸요.

빨간 머리 앤

56

정말로 행복한 나날이란
소박하고 작은 기쁨들이 조용히
이어지는 날들이에요.

빨간 머리 앤

57

바보 같은 소리 하지 마.
자신감만 가지면 돼.

피너츠

58

내 문제점은 그거야.
나 자신에게 좋은 충고를 해주지만
그 충고를 거의 따르지 않는다는 것!

이상한 나라의 앨리스

59

해보는 거야.
지금이 아니면 영원히 못해.

피너츠

너무 심각할 것 없어.

잘 될 거야.

시간을 가져.

피너츠

61

그래 넌 미쳤어.

…… 이건 비밀인데

멋진 사람들은 모두 미쳐 있어.

거울 나라의 앨리스

62

아침이면
세상이 정말 사랑스럽단 생각
안 드세요?
아침이 있다는 건
정말 굉장한 일이에요.

빨간 머리 앤

63

인생이란 책에는
뒷장에 정답이 적혀 있지 않아.

피너츠

내가 좋아하는 명언

64

어른들은
늘 그 별이
얼마나 크고 빛나는 별인지만 볼 뿐
정작 보이지 않는 것이
더 중요한 것은 몰라.

어린 왕자

65

다른 사람을 판단하는 것보다
자기 자신을 판단하는 게
훨씬 어려운 일이야.
네가 스스로를 판단할 수 있다면
그야말로 진정한 현자가 되는 것이지.

어린 왕자

66

보고 싶을 때 외로운 것이 아니라
보고 싶은 사람이 없을 때
외로운 거야.

어린 왕자

67

나는 나를 싫어하는 사람들에 대해서

걱정할 시간이 없어.

왜냐하면

나는 나를 사랑하는 사람들을

사랑하기에도 바쁘거든.

피너츠

68

개와 친구가 되면
평범한 인생을
아름다운 인생으로 만들 수 있어.

찰리 브라운

69

살아 있다는 것도,
집에 간다는 것도
참 좋다.

빨간 머리 앤

70

달력?
왜 이렇게 복잡한 걸
나에게 주려는 거야?

피너츠

71

말은 오해의 근원이지.

어린 왕자

72

꿈을 갖는다는 것은 정말 기쁜 일이야.
한 가지 꿈을 이루면 더 높은 꿈이
반짝반짝 빛나고 있으니까.
그래서 인생이
이렇게 재미있는 것 아닐까?

빨간 머리 앤

73

어느 누구도
자신이 있는 위치에
만족하는 사람은 없어.

어린 왕자

74

이런 날 잘못될 게 뭐가 있겠어?

피너츠

75

정든 세상아,

정말 아름답구나.

내가 네 안에 살아 있다는 게 기뻐.

빨간 머리 앤

76

어떻게 태어났느냐는 중요하지 않아.
어떻게 살아가냐가 더 중요해.

개구쟁이 스머프

77

뭐든 생각하기 나름이야.

피너츠

78

넌 정말 대단해.
너도 그거 알아?

피너츠

79

중요한 게임에서는

기회를 잡는 것이 중요해.

피너츠

80

야망에는 결코 끝이 없는 것 같아요.
그게 바로 제일 좋은 점이에요.

빨간 머리 앤

내가 좋아하는 명언

81

호기심은 종종 문제를 만들어.

이상한 나라의 앨리스

82

불안해하지 마.

네 옆에는 이렇게 내가 있잖아.

피너츠

83

좋았어.

넌 할 수 있어.

피너츠

84

격정하는 게 격정이야.

피너츠

85

네가 하고 싶은 것들로 계획을 세우면
일주일은 그렇게 길지 않을 거야.

빨간 머리 앤

86

모퉁이를 돌면
뭐가 있을지 저도 몰라요.
하지만
가장 좋은 게 있을 거라고 믿을래요.

빨간 머리 앤

87

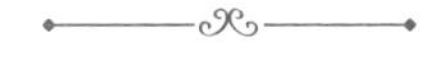

남을 돕기 전에

나를 먼저 돌보세요.

곰돌이 푸

88

더 나은 사람이 되기 위해
노력하기로 결심했어.
물론 당장 노력하겠다는 것은 아니야.
아마도 며칠 후부터…….

피너츠

89

네가 100살까지 산다면
난 100살 되기 하루 전까지
살았으면 좋겠어.
난 너 없이는 살 수 없으니까.

곰돌이 푸

90

무엇을 하고 싶은지는
내가 가장 잘 알아.

곰돌이 푸

91

지도만 보면 뭐해?
남이 만들어 놓은 지도에
네가 가고 싶은 곳이 있을 거 같니?
넌 너만의 지도를 만들어야지.

이상한 나라의 앨리스

92

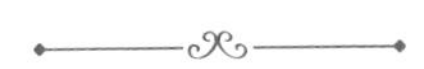

오늘은

오늘 몫만큼만 두려워하는 거야.

더 피너츠

93

세상에서 가장 어려운 일은

사람이 사람의 마음을 얻는 일이야.

어린 왕자

94

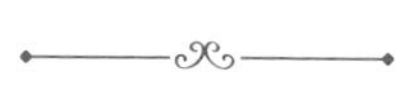

과거는 상관없어.
아프긴 하겠지만 둘 중 하나야.
도망치던가
극복하던가.

라이언 킹

95

힘내.

인생은 한순간에 바뀌기도 하거든.

신데렐라

내가 좋아하는 명언

96

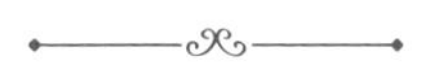

크기에 상관없이 내 마음을 봐 줘.

피너츠

97

좋은 말을 할 수 없다면
아무 말도 하지 마.

아기 사슴 밤비

98

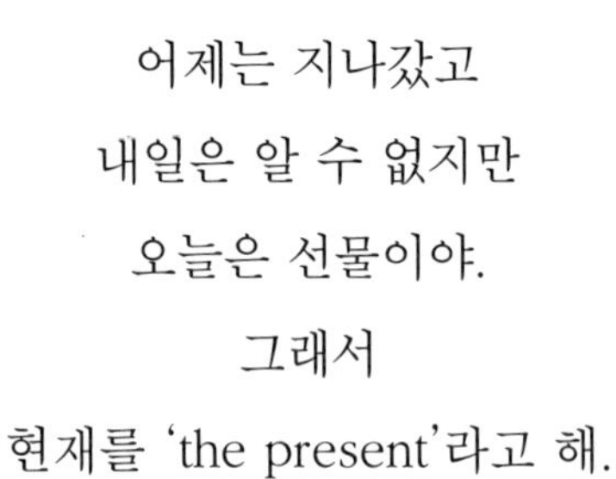

어제는 지나갔고

내일은 알 수 없지만

오늘은 선물이야.

그래서

현재를 'the present'라고 해.

쿵푸 팬더

99

양심이란 것은
사람들에게 들리지 않는
작고 조용한 목소리야.

피노키오

100

난 무너지지 않아.

절대로!

피너츠

101

가장 좋은 것도
가장 나쁜 것도
사실 별거 아니야.

곰돌이 푸

102

난 미치지 않았어.
내 정체성이 너의 정체성과
다를 뿐이지.

이상한 나라의 앨리스

103

아직 시간은 충분해.
넌 할 수 있어.

피너츠

104

불가능한 것을 이루는 유일한 방법은
가능하다고 믿는 거야.

거울 나라의 앨리스

105

저 별 중 하나는 내 거겠지?
내 별은 언제나 날 비출 거야.
포기하지 말라고 위로하는 것처럼.

피너츠

106

시간이 어디로 가버렸는지 모르겠어.

피너츠

107

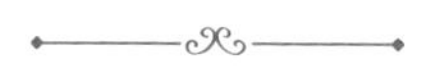

이곳에서 어디로 가야 하는지
좀 알려줄래요?

그건 네가 어디로 가고 싶은지에
달려 있어.

이상한 나라의 앨리스

108

부정적인 감정을

너무 자주 드러내지는 말아요.

곰돌이 푸

109

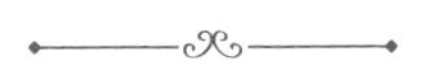

내가 하고 싶은 말은 내가 해!

피너츠

110

진정한 게으름은

계획이 취소되었을 때 신나는 거야.

피너츠

111

현실과의 전쟁에서
유일한 무기는
상상력이야.

이상한 나라의 앨리스

112

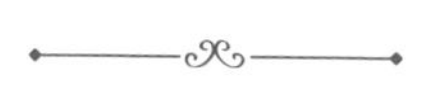

나를 향한 비난에
나를 맡기지 마.

곰돌이 푸

내가 좋아하는 명언

113

침대는 잠만 자는 곳이 아니에요.
꿈을 꾸는 곳이기도 해요.

빨간 머리 앤

114

사소한 것들을 소중히 해야 해.
그것이 삶을 이루는 버팀목이니까.

심슨

115

천천히 가도 괜찮아.

나를 잃지만 않으면 돼.

곰돌이 푸

116

좀 더 나은 사람이 되면
좀 더 나은 삶을 살게 될 거야.

피너츠

117

시작하지도 않은 것을
어떻게 끝낼 수 있겠어요.

이상한 나라의 앨리스

118

자신에게 이렇게 말해줘.
넌 할 수 있다.
넌 해낼 능력이 있다.

피너츠

119

그냥 만족하며 살아.
남이 가진 것을 부러워하지 말고.

심슨

120

웃음이 있는 한
인생은 살 만한
가치가 있어요.

빨간 머리 앤

121

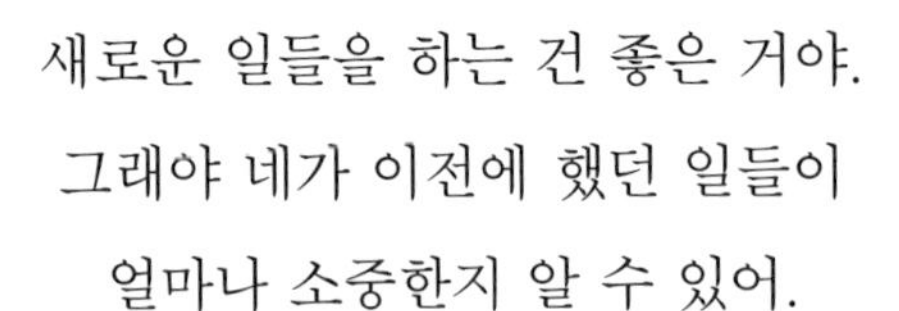
새로운 일들을 하는 건 좋은 거야.
그래야 네가 이전에 했던 일들이
얼마나 소중한지 알 수 있어.

곰돌이 푸

122

누군가 몇백만이나 되는 별 중
어느 별인가에 피어 있는
단 하나의 꽃을 좋아한다면
그 사람은 그 별들을
바라보는 것만으로도
행복해질 수 있어.

어린 왕자

123

아무도 널 좋아하지 않을 때는,

모든 사람이

널 좋아한다고 생각해야 해.

피너츠

124

과거를 바꿀 수는 없지만
교훈을 얻을 수는 있어.

거울 나라의 앨리스

125

모든 사람이 자기 일에만 신경 쓴다면
세상은 지금보다 더 잘 돌아갈 거야.

이상한 나라의 앨리스

126

행복이란 당신이 사랑해주고 있는
모든 사람과 모든 것이야.

피너츠

127

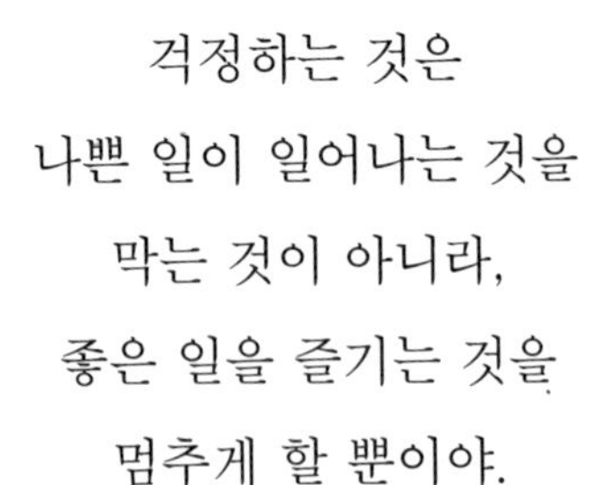

걱정하는 것은
나쁜 일이 일어나는 것을
막는 것이 아니라,
좋은 일을 즐기는 것을
멈추게 할 뿐이야.

피너츠

내가 좋아하는 명언

128

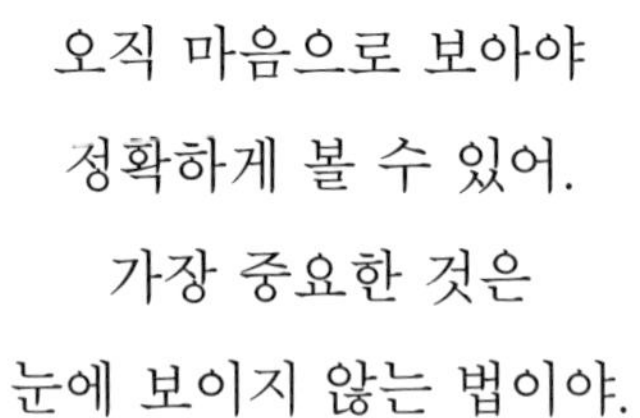

오직 마음으로 보아야
정확하게 볼 수 있어.
가장 중요한 것은
눈에 보이지 않는 법이야.

어린 왕자

129

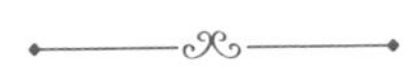

잠이 오지 않을 만큼
걱정이 많다는 것은
열심히 살고 있다는 증거가 아닐까?

곰돌이 푸

130

혼자여도 괜찮다는 거짓말을 했다.

실은

나도 외로움이 많은 아이인데도…….

피너츠

131

어디로 가고 싶은지 모른다는 것은
어떤 길이든 선택할 수 있다는 뜻이야.

이상한 나라의 앨리스

132

날 좋아한다고 말해주면 얼마나 좋을까?

피너츠

133

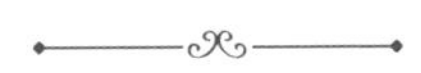

내가 좋아하는 사람이
나를 좋아해주는 것은
기적이야.

어린 왕자

134

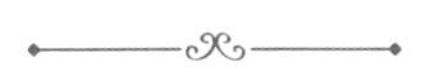

다른 누군가를 위한
작은 배려와 생각들이
모든 것을 달라지게 할 거야.

곰돌이 푸

135

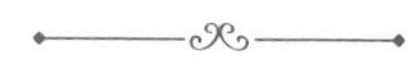

오늘이

그렇게까지 나쁜 날은 아닌 거 같아.

피너츠

136

지극히 괴로워도
헤엄쳐 나올 길은 있어.

피너츠

137

오늘 하루도 열심히 견뎌내고

참으며 보냈으니까

좋은 꿈이라는 선물을 주세요.

곰돌이 푸

138

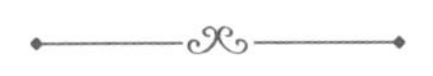

우리는 살아 있는 날마다
항상 최선을 다해야 해.

피너츠

139

어디로 가야 할지 모르겠다면

그냥 가.

이상한 나라의 앨리스

140

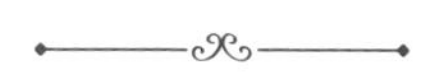

가끔은
내 머릿속에 지우개가 있는 것 같아.

피너츠

141

나는
내가 즐겁다고 생각하는 게
즐거워!

곰돌이 푸

142

모든 것이 잘 될 것만 같아.

피너츠

143

삶은 해결해야 할 문제가 아니라
경험해야 하는 여행이야.

곰돌이 푸

144

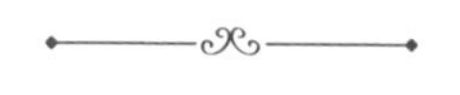

너무 심각할 거 없어.

잘 될 거야.

시간을 가져.

피너츠

내가 좋아하는 명언

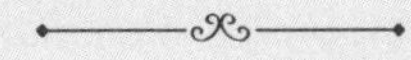

145

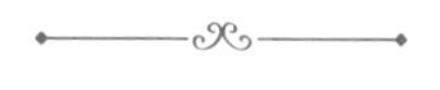

사람들이 하는 말에
너무 좌절할 필요는 없어.
네가 극복하고 해내면 돼.

심슨

146

너 스스로를 믿어.
아무도 네가 잘못하고 있다고
말할 수 없어.

피너츠

147

더 적게 원할수록
더 많이 사랑할 수 있어.

피너츠

148

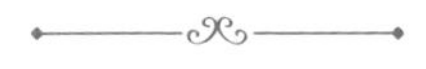

무례하고 비판적이며
논쟁적인 사람들에게
반응하지 않을수록
너의 삶은 더 평화로워질 거야.

피너츠

149

그냥 옆에 앉아
네 이야기를 들어줄
누군가가 있다는 것은
정말 좋은 거야.

피너츠

150

난 용감해져야 할 때만 용기를 내.

라이언 킹

151

실수했더라도
너무 자책하지 마.

곰돌이 푸

152

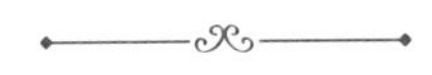

사랑은 끝나지 않는 노래야.

아기 사슴 밤비

153

네가 위험한 행동을 하고 다니는 것은
용감한 것이 아니야.

라이언 킹

154

매일 매분 매초마다
인생을 바꿀 수 있는 기회가 있어.

아기 코끼리 덤보

추억은 그대로 거기 머물러 있어.
그걸 행복한 기억이라고 해.

피너츠

156

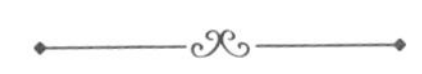

나는 어제의 나로 돌아갈 수 없어.

왜냐하면

나는 그때와는 다른 사람이거든.

거울 나라의 앨리스

157

사소한 것에 너무 신경 쓰지 마.

곰돌이 푸

158

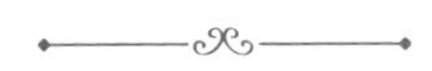

언젠가는 끝이 있는 법이야.

곰돌이 푸

159

하쿠나마타타.

(걱정하지 마)

라이언 킹

내가 좋아하는 명언

160

거짓말이

더 많은 거짓말을 만든다.

피노키오

161

마음이 달라지면
세상도 다르게 보여.

곰돌이 푸

걱정한다고 달라지는 것은 없어.

곰돌이 푸

163

내 인생도 그럴 것 같아.
모든 것이 잘 될 것만 같아.

피너츠

164

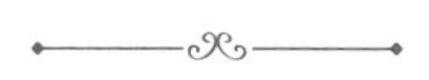

사람은 누구나 실수를 해.
그래서 연필 뒤에
지우개가 달려 있는 거야.

심슨

165

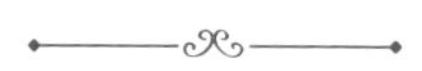

세상에 안 힘든 사람은 없어.

그런데 난 네가 행복했으면 좋겠어.

피너츠

166

너의 때는 언젠가 꼭 오게 되어 있어.
그렇게 믿어.

곰돌이 푸

167

사고를 쳤을 때
뭘 해야 할지 모르겠다면
입 다물고 있어.
최소한 악화되진 않아.

심슨

168

어떤 문제도 도망칠 수 없을 정도로
크거나 어렵지는 않아.

피너츠

169

너와 함께 보낸 모든 날이

나에겐 가장 좋은 날이야.

그래서 오늘은

내가 가장 좋아하는 새로운 날이야.

곰돌이 푸

170

별은 아름다워.
그것은
눈에 보이지 않는 꽃이
하나 있기 때문이야.

어린 왕자

171

새로운 시작을 할 수 있는
기회를 갖는다는 것은
자주 있은 일이 아니야.

피너츠

172

난 재능이 있고
뭐든지 가능해.

피너츠

173

사막에서는 조금 외로워.
그런데 사람들 속에서도
외롭기는 마찬가지야.

어린 왕자

174

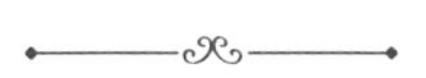

나의 문제가 무엇인지
누군가가 말해주면 좋겠어.

곰돌이 푸

175

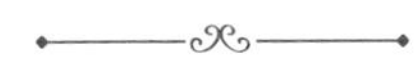

가장 중요한 것은 눈에 보이지 않아.

어린 왕자

176

시간이 어디로 가버렸는지
모르겠어.

피너츠

내가 좋아하는 명언

177

개들은 정말 신기해.
언제나 먹는 것만 생각하잖아?
너무 단순해.

목표가 뚜렷한 거겠지!

피너츠

178

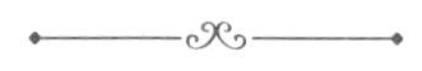

돌아올 사람이면
어떻게든 돌아오겠지.
떠나갈 사람이면
어떻게 해줘도 떠나갈 거야.

곰돌이 푸

179

돌아올 집이 있다는 것은

정말 행복한 일이에요.

빨간 머리 앤

180

난 새로운 인생관을 정했어.
하루에 딱 한 번만 걱정할 거야.

피너츠

181

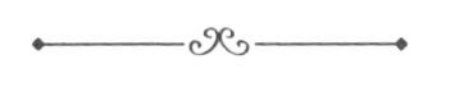

지구 좀 멈춰줘.
나 내리고 싶어.

피너츠

182

네가 지금 얼마나 힘든지
누가 알 수 있겠니?

피너츠

183

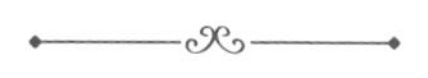

가장 행복해지는 방법은
작은 행복을 자주 느끼는 데 있어요.

빨간 머리 앤

184

관계를 가장 우선하는 사람만큼
좋은 사람은 없어.

피너츠

185

잊으면 안 돼.
미안하다고 먼저 말하는 데에도
많은 용기가 필요하다는 것을.

피너츠

186

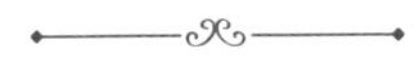

실수가 아직 존재하지 않는
내일이 있다는 것이
얼마나 멋진 일인지 모르겠어요.

빨간 머리 앤

187

고난과 투쟁의 불꽃 속에서 다듬어진
내 인생 철학은,
나는 나대로
너는 너대로!

피너츠

188

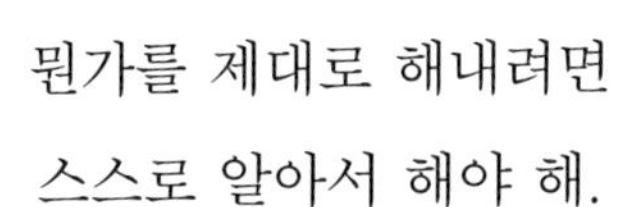

뭔가를 제대로 해내려면
스스로 알아서 해야 해.

피너츠

189

아침이 있다는 것은
근사한 일이에요.

빨간 머리 앤

190

행복은 누구에게나
모두에게 온다네.

피너츠

191

먹는 것만큼 행복한 것은 없잖아?

피너츠

내가 좋아하는 명언

192

인생은 어려워.

그렇지 않아?

피너츠

193

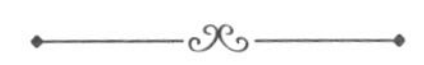

이 세상에 좋아하는 게 많다는 것은
너무 멋진 일 아닌가요?

빨간 머리 앤

194

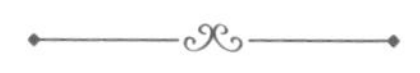

모두 날 좋아해!

날 좋아하는 것 같아.

피너츠

195

뭐든 생각하기 나름이야!

피너츠

196

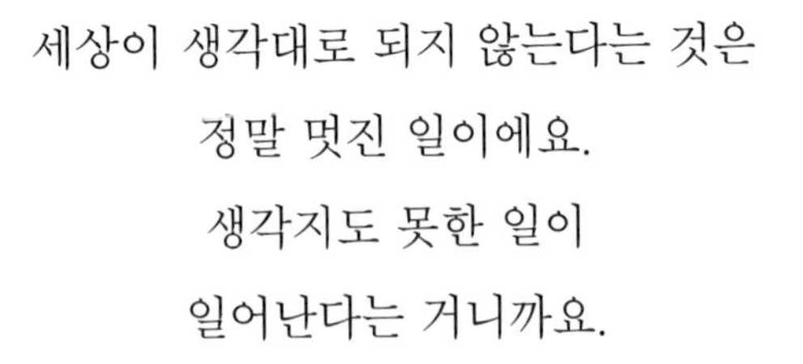

세상이 생각대로 되지 않는다는 것은
정말 멋진 일이에요.
생각지도 못한 일이
일어난다는 거니까요.

빨간 머리 앤

197

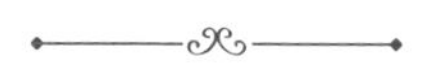

내 앞날이 보이기 시작했어.
미래가 시작됐다구!

피너츠

198

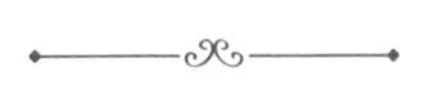

걱정이 걱정을 낳아.

피너츠

199

포근한 잠자리만큼 힐링은 없어.

피너츠

200

별에게 소원을 빌 때는
당신이 어떤 사람이든 상관없어요.

피노키오

201

넌 한다면 하는 사람이야.

그걸 보여줘.

너를 믿어주는 사람들과 너 자신에게!

피너츠

202

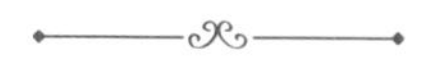

누군가의 기분을 상하게 했다면
즉시 사과하는 것이
최고의 치료법이라고
응급처치 시간에 배웠어.

피너츠

203

강아지는 날 가르치려 들지 않아.
그저 있는 그대로의 날 사랑해주지.

피너츠

204

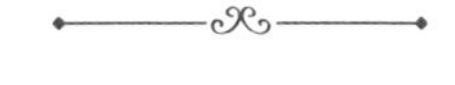

난 심장을 가질 거야.

뇌만으로는 행복해질 수 없거든.

오즈의 마법사

205

계속 위를 올려다 봐.
그게 인생의 비밀이야.

피너츠

206

언제나 비가 온 후에는
맑은 날이 오는 것처럼
좌절 후에는
행복이 와.

피너츠

207

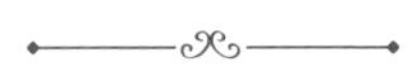

생일이 아닌 날
선물을 받을 수 있는 것은
364일이나 돼.
그리고 생일선물은 오직 하루뿐이야.

거울 나라의 앨리스

208

겨울잠을 자야
활짝 피어나는 법이지.

아기 사슴 밤비

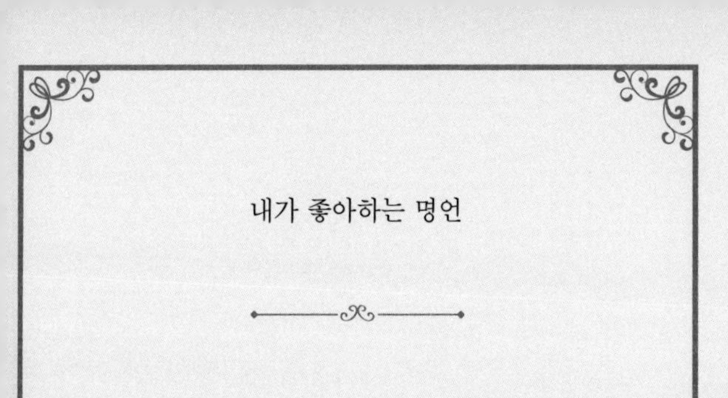

내가 좋아하는 명언

209

때로는 가장 평범한 일들이
좋은 사람들과 있는 것만으로도
특별한 일이 될 수 있어.

피너츠

210

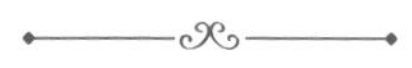

넌 어디든 도착하게 되어 있어.
계속 걷다 보면
어디든 닿게 되어 있거든.

이상한 나라의 앨리스

211

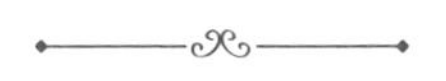

행복은 때때로 혼자 있는 것,

그리고 혼자 집에 가는 것,

피너츠

212

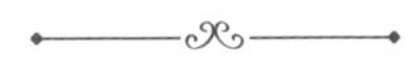

모든 모험은 첫걸음이 필요해.

이상한 나라의 앨리스

213

무시하는 법을 배우는 것은
마음의 평화를 위한
멋진 방법 중 하나야.

피너츠

214

늘 먼저 미안하다고 말하는 사람을

절대 놓치지 마.

그는 자존심이 없거나 바보라서

사과하는 것이 아니야.

그냥 관계를 더 생각할 뿐이야.

피너츠

215

인생의 비밀을 알아낸 거 같아.
그냥 지내다 보면 익숙해진다는 거야.

피너츠

216

제가 답을 알 때는
한 번도 안 부르시면서
왜 제가 모를 때만
절 부르시나요?

피너츠

217

죄송하지만
제가 누구인지 설명하기는 어려워요.
보시다시피 전 제가 아니거든요.

이상한 나라의 앨리스

218

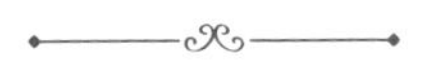

누구나
중대한 결정을 해야 할 때가 있어.
그때는 자신의 믿음을 따라야 해.

피너츠

219

난 미칠 것 같은데
아무도 몰라줘.

피너츠

220

세상에 맛있는 음식을
다 먹어보는 게 꿈이야.

피너츠

221

가끔 보면
넌 나를 놓칠 수도 있다는 것을
모르는 것 같더라.

피너츠

222

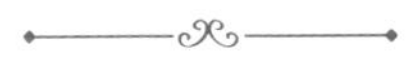

우리가 감당해야 할 가장 큰 위험은
우리가 있는 그대로의
모습을 보이는 것일 거야.

신데렐라

223

정말 멋진 날이야.
이런 날에는
살아 있다는 것만으로도
행복하지 않니?

빨간 머리 앤

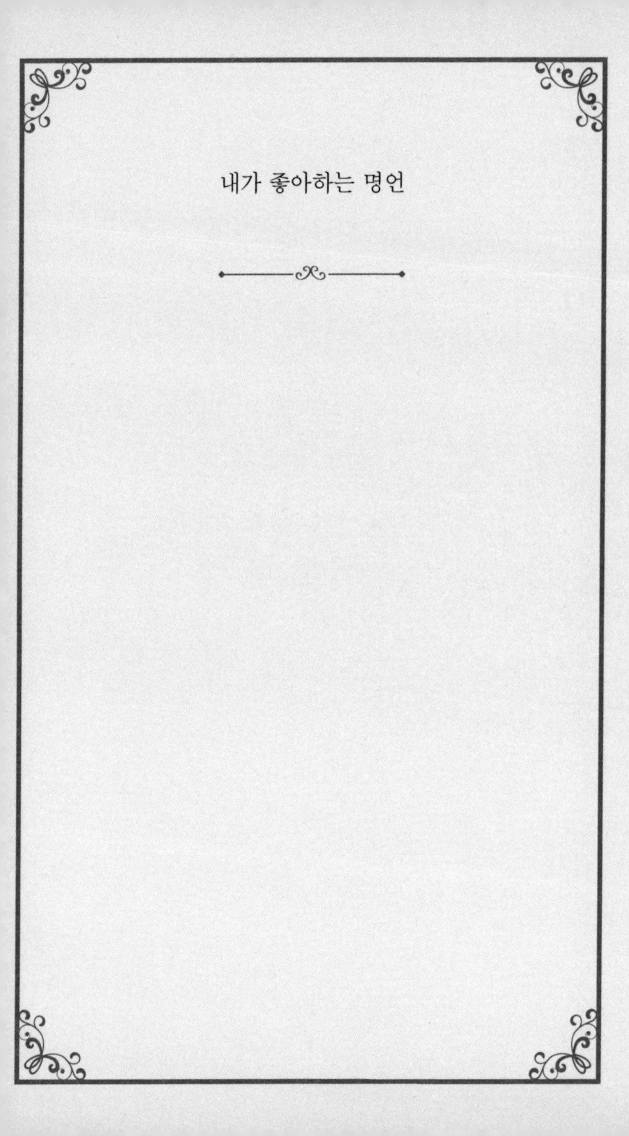

내가 좋아하는 명언

224

기억해,

너는 세상을

햇빛으로 가득 채울 수 있는

존재라는걸.

백설공주

225

어떤 일이든 기대하는 데
그 즐거움의 반이 있는걸요.
혹시 일이 잘못된다 해도
기대하는 동안의 기쁨은
누구도 빼앗을 수 없는 거에요.

빨간 머리 앤

226

기회가 왔을 때 도망가지 마.
행운은
스스로 누릴 자격이 있는 이에게
주어지니까.

신데렐라

227

어른이 된다는 것은
어떤 면에서는 즐겁지만
제가 기대했던 것과는 좀 달라요.

빨간 머리 앤

228

나를 남들에게 맞추며
살지는 않을 거야!

신데렐라

229

약간의 모험과
약간의 반항은
성장의 일부지.

라푼젤

230

명령은 바뀌지 않았어.
그런데 바로 그것이 문제야.
이 별은 해마다 점점 빨리 도는데
명령은 바뀌지 않았으니…….

어린 왕자

231

금빛 머리칼을 가진 아이가
여러분 곁에 와서 웃는다면
슬픔에 잠겨 있는 나를
내버려두지 마시고
빨리 편지를 보내주세요.
어린 왕자가 돌아왔다고…….

어린 왕자

사막이 아름다운 이유는

그곳 어딘가에

오아시스를 숨기고 있기 때문이야.

어린 왕자

233

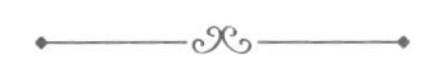

갓난아기는 두뇌가 있어도
지식이 없어.
지식은 경험에서 나오는 거야.

오즈의 마법사

234

너무 행복해서
오늘 저녁이야말로 기도하고 싶은
마음이 생기는 밤이에요.

빨간 머리 앤

235

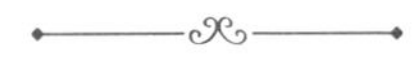

웃음 없는 하루는 낭비한 하루다.

찰리 채플린

엮은이 김지영

배우는 것이 즐겁고 책이 좋아서 책과 관련된 일을 해왔다.
나에게 위로가 되었고 가야 할 방향을 알려준 책 속의 지혜와 글들이 다른 누군가에게도 도움이 되길 바라는 마음으로 책을 준비하고 있다.
엮은 책으로는 《내 인생을 바꾸는 특별한 명언》이 있다.